鸡公山上晨飞鸟

石在千山 著

武汉出版社

（鄂）新登字 08 号

图书在版编目（CIP）数据

鸡公山上晨飞鸟 / 石在千山著 . — 武汉 : 武汉出版社 , 2022.9
ISBN 978-7-5582-5433-8

Ⅰ . ①鸡… Ⅱ . ①石… Ⅲ . ①诗集 – 中国 – 当代 Ⅳ . ① I227

中国版本图书馆 CIP 数据核字（2022）第 145537 号

著　　者：石在千山
责任编辑：李　俊
封面设计：黄　璇
出　　版：武汉出版社
社　　址：武汉市江岸区兴业路 136 号　　　　邮　　编：430014
电　　话：（027）85606403　　　85600625
http://www.whcbs.com　　　E-mail: whcbszbs@163.com
印　　刷：武汉鑫佳捷印务有限公司　　　　经　　销：新华书店
开　　本：880 mm×1230 mm　　　1/32
印　　张：3.75　　字　　数：150 千字
版　　次：2022 年 9 月第 1 版　　　2022 年 9 月第 1 次印刷
定　　价：46.00 元

作者简介

石在千山，1972 年 8 月出生，男，原名谢百胜，河南新县吴陈河人，中国共产党党员。1996 年毕业于河南大学历史系旅游管理专业。1997 年至 2008 年相继在鸡公山风景区管理局、鸡公山旅行社、鸡公山风景区管理局招待所、鸡公山旅游总公司工作。2009 年至 2018 年在鸡公山管理区李家寨镇人民政府工作。2019 年至今在武胜关街道办事处筹建处工作。出版有诗集《鸡公山，让我在你怀中流浪》。

谨以此诗集向所有热爱和关心鸡公山的人们致敬！

鸡公山简介

一唱雄鸡天下白，
十里风飘九国旗。

百年避暑胜地，
千年文化名山，
万国建筑博览，
亿年地质遗存。

鸡公山风景区，系全国首批对外开放的八大景区之一、全国首批国家重点风景名胜区、国家级自然保护区、全国重点文物保护单位、国家 AAAAA 级景区，中国四大避暑胜地之一，早在 20 世纪初就已驰名中外。鸡公山得名由来已久，北魏郦道元的《水经注》中载的"鸡翅山"距今已有一千四百多年，明朝时期鸡公头与鸡翅山并称，清代更名鸡公山，沿袭至今。

鸡公山自然资源丰富多样。森林覆盖率达 98%，素有"青分豫楚，襟扼三江"之美誉，其中"佛光、云海、雾凇、雨凇、霞光、异国花草、奇峰怪石、瀑布流泉"被称为鸡公山八大自然景观。山上盛夏无暑，气候凉爽，享有"三伏炎蒸人欲死，清凉到此顿疑仙"之美传。

鸡公山雄踞于三关（武胜关、平靖关、九里关）之间，战略地位十分重要，有"中州锁钥，楚豫咽喉"之称。

鸡公山是中西文化碰撞最为耀眼的地方之一。1903年之后的二十年，先后有24个国家近千名外交官和传教士以及国内的军阀巨贾，来此兴建了五百多幢风韵殊异的度假别墅，有"万国建筑博览"之称。

鸡公山地处南北过渡带，被称为天然植物园和中草药园，是科研、教学的天然课堂和基地，有高山气候却无高山反应，是健康疗养的好地方。

近年来，鸡公山管理委员会以鸡公山主景区为依托，立足"两区一组团"定位，放大旅游格局，全面实施"旅游+"战略，丰富旅游产品，延长旅游链条，全力打造"一园十三景"。目前建成开放的有鸡公山文化创意产业园、依云森林温泉、波尔登森林公园、桃花寨和"平汉铁路老火车"、火车露营基地及龙袍茶庄园等。

自 序

假如我是一只鸟，
我也应该用嘶哑的喉咙歌唱：
这被暴风雨所打击着的土地，
这永远汹涌着我们的悲愤的河流，
这无止息地吹刮着的激怒的风，
和那来自林间无比温柔的黎明……
——然后我死了，
连羽毛也腐烂在土地里面。
为什么我的眼里常含泪水？
因为我对这土地爱得深沉……

——艾青《我爱这土地》

艾青，一个"一生追求光明的诗人""太阳与火把的歌手"，我最喜欢的现代诗人之一。用他的《我爱这土地》这首小诗，最能表达我写《鸡公山，让我在你怀中流浪》《鸡公山上晨飞鸟》这两本诗集的情感。把他的诗放在自序开头，也是向他致敬，并感恩这片土地。

从参加工作到现在，二十余年工作之余，我偶尔写几首小诗，皆为有感而发，聊以慰藉。岁月不居，时节如流，五十之年，忽焉已至。这片沃土养育了我，也让我对这片土地有着强烈的责任感和使命感。

目 录

鸡公山上晨飞鸟……………………………… 1

只有山知道…………………………………… 4

松林湾………………………………………… 7

东岗黎明……………………………………… 9

夜之山………………………………………… 10

鸡公山窥星台夜话…………………………… 11

报晓峰………………………………………… 16

鸡公山之冬…………………………………… 17

我们从南岗走过……………………………… 19

我是不是你前世捏的泥娃…………………… 20

鸡公山北街…………………………………… 21

我坐上驶向鸡公山秋天的火车……………… 32

我埋下坚果的种子…………………………… 37

流浪者之歌…………………………………… 39

波尔登公园秋天的落羽杉…………………… 41

让我告诉你鸡公山的颜色…………………… 51

鸡公山导游词………………………………… 54

寨上桃花……………………………………… 62

荒天坪………………………………………… 68

窗外…………………………………………… 72

壁炉……………………………………74

小火车…………………………………76

消夏园的晚上…………………………77

夜也有躯体……………………………79

英文石刻………………………………81

红色保温杯……………………………83

秋天最后一个节气……………………86

冬天将要远去…………………………89

原谅我吧………………………………91

武胜关顶口占…………………………92

云中漫步………………………………93

问风……………………………………94

咏兰草…………………………………95

无题……………………………………96

活佛寺钟声……………………………98

河边组朝天河岸慢步有感……………99

祷告词…………………………………101

后记……………………………………105

鸡公山上晨飞鸟

我不计报酬
你是我的
我是你的
我是你的歌者
你的仆人
你的园丁
你林中一只晨飞的小鸟

你是桐柏山和大别山两条长龙
争戏的宝珠
寻常青草地
奈何伤我心
空山上荡漾着回音
阶庭山花香
未见送酒的白衣郎

路边的花
我不孤独
因为我喜欢
别为我随波逐流而惋惜
我去我向往山外的世界
清风吹遍了朝天河
谁打马从古驿道走过

我的笔名叫石在千山
取录于"鸡头石在千山里"
你的所有所有
我熟悉

骆驼峰半山腰的茶园
嫩绿的芽头
如崭新的思念

夜很深
灯燃亮夜的孤独
谁点亮心中的明媚

鸟与清晨在森林相遇
诗和远方相遇
你我在这座山相遇

时光凝固成石头
土地生长出诗歌

只有山知道

鸡公山把温度调成自动模式
二十二摄氏度　二十三摄氏度
如入仙境
温凉悄然
和往年一样
只有风知道

风把速度调成
轻微状态
吹动了你的秀发
清新飘逸
裙袂飞扬
和那年一样
只有我知道

我把步伐调成
振动模式
两步变成三步半
节奏轻缓
信步悠闲
和前年一样
只有你知道

你把手机调成
静音模式
微笑如云中公园绽放的八仙
枝条交错
花语流露
和去年一样
只有云知道

云朵把自己调成
飞行模式
在天上飘着
淡淡的
在蓝色的天空
装饰着忧伤
和今年一样
只有夜知道

夜把南北天街调成
睡眠模式
森林早已入睡
旅行者还在夜歌
灯火孤独而沉默
和明年一样
只有山知道

松林湾

讲述一座山
和一片树林的故事
这里没有别离的气息
在这片森林中
生命无贵贱
心中有家园

金子般的阳光
把所有的幸福
安详的喜悦
从林间的缝隙中洒出
我记录它们
并写下高傲而崭新的诗篇

东岗黎明

我从不吝惜对你的赞美
你这温柔的情人
你的光
如春风滑过肌肤
你的温暖
启发我纯洁天真的童心
虫鸣　树叶
露珠　飞鸟
……
是这座山生命的清晨
作为报酬
你给了满山盛开的野花

夜之山

记得儿时
我用父亲的手电筒
把天照个窟窿

今天夜晚
南北天街闪烁的灯火
是不是这么多年
天空漏下的繁星

鸡公山窥星台夜话

苍穹
在我仰望的眼中
繁星
是我多情的泪珠
仰望苍穹
大度而深邃

人们为什么把你称为星空瀚海
如果是这样
我是一条在空中飞翔的鱼
一条长有翅膀的鱼
一条有深刻记忆的鱼

银河
这般宽广
是谁的寝宫
月亮

/ 鸡公山上晨飞鸟 /

这几天去哪里了
为什么没有出现

四周繁星
点亮闪烁
铺张华丽
让我感受你的丰盛
而我小小的房间
灯火还没点亮

我的身体打满补丁
灵魂让身体结痂
我无法躲闪
自己射出的箭

心潮心雨
谁为我撑起心中阴蔽
流星
是人间许下的愿望
雨天雾海怎么办

愿望怎么实现

你是我心的神祇
无关乎宗教
无关乎神奇的秘密
投地五体
是最崇高的敬畏
是最原始的图腾
是最虔诚的膜拜

我心存欢喜
心无恶意
享受与生命本能的纯粹
不与伤害我的人为敌
俯下身去
亲吻土地
用着森林拥抱风的千种姿势
万般风情吻你的方式
如星空亲吻海洋
如海浪亲吻沙滩、礁石
如云雾亲吻山峰、峡谷
如风亲吻繁叶、花朵

你的诗歌
如精心修剪的花园
百草丰茂　鲜花盛开
鸟儿飞过
投下即逝的影子

请用柳笛吹奏
每个分离的故事
用金鸡菊蔷薇花
编制花环
用干枯的藤条
制成法杖
增加自然魔法的仪式感
并用嘶哑的喉咙歌唱
我用树枝的手
舞蹈

夜色降临
我拉开星空的帷幕
我坐在庭院的椅子上
仰望星空

空中划过的流星
是眼角的泪滴
天边闪烁的繁星
仿佛与云接近
离我很远
让我感觉到孤独
又让我心存牵挂

报晓峰

报晓峰
立于千山之里
是 768 米的
孤独

鸡公山之冬

在这讲究穿着和奢侈挥霍的季节
或近或远的
山川
树林
村落
雾凇
凌
雨冻

/ 鸡公山上晨飞鸟 /

如净琉璃世界之境
仿佛把仙山凝固
并区分山下百鸡门和韦家沟的
人间烟火

冬日暖阳
为其涂上色彩
当夜幕降临
寒冷让灵魂出窍
一切生命悄然进入梦乡

别墅炉火跳跃
房中的温暖外沿辐射
不厌其烦地
重新塑造
这个冬
所有困惑与疑问
留给自己回答

我们从南岗走过

我们从南岗走过
没有说话
可怜的人儿
无措的手足

好像
这个夏天
没有抓住松鼠的尾巴

我是不是你前世捏的泥娃

我是不是你前世捏的泥娃
以致今生
揉塑于你手掌
把玩于你手心

离开以后
我干枯的躯体
印满你
独一无二的
指纹

鸡公山北街
（一）

北街
天上的街市
曲折长巷
一柄油纸伞
躲过一场潇潇山雨
山峙
楼空
风起
云飞
天潮潮地湿湿
雾雨霏霏

耳边响起
送货郎叫卖着爱吃的甜点
脑中浮现
湿润的红唇
眼前飘过
风中招展的旗袍
摆了一地民国风情

（二）

北街
仙界的瑶池
宝剑山下
出鞘利刃
柄下泛白
四射寒光凛凛
从星湖里萃取
升腾湖水清晨薄雾
是上仙出场的布景

人生没那么多偶遇
所谓美丽的邂逅
只是有人愿意默默等候
在你必经的路径

（三）

北街
空中的琼楼
青石板板
灰石砌墙
蓬蒿藜莠
群阁临崖

眉黛远山
溪水近流
恍若隔世
穿越山河
青云出岫
碎了一地光阴

还有
匆匆忙忙　来不及扶起的
爱与哀愁

（四）

北街
云中的画廊
木门直窗
镶铁封檐
铁环虚幌
谁能予我画笔
来为北街梳妆

坐看云起
无事闲敞
泼墨尽染
勾擦皴点
笔力鼎扛
似懂非懂的山水技法
还有不懂的纪年换算
一年的人间
一日天上

我为你的深刻
我的肤浅
倍感慌张

（五）

北街
人间的秘境
星湖坝下
秋千空荡
狮楼门前
紫藤绕廊
羁绊谁人的利锁名缰

灯笼挂起
跫音再响
烟雨迷离
丹青屏障
算计谁人的归航

月随步移
仰望穹苍
夜莺清泉
萤火微光
把回家的路照亮

（六）

北街
我梦中的一部黑白默片
雨
从片头下到片尾
当山雨成为习惯
当习惯成为失眠
当失眠变成习惯
当习惯成为雨

或淅淅沥沥
或滂滂沱沱
或飘飘渺渺
或滴滴答答
皆为冷雨

用来成全
低矮的护栏
老套的桥段

而那些欢愉
偷笑的日子
溜走了
影片可以重播
时间再也无法回放

雨一直下
让人眼醉眸酸
不能自已
浮想联翩

（七）

北街
初恋那个姑娘
羞涩懵懂

朦胧新月
藤萝心房
小鹿乱撞
尘封心灵一隅

浅笑深爱
一别两宽
淡淡忧伤
别后再无期许
再见问声安康

木槿陌上
秋水过客
江湖相忘
却依然能还原
最初模样

（八）

北街
我从心所欲的散落诗行
珠海拾贝
落笔随性
敛弦散思
游钓渊上

步移台阶
如回撤按键
路段起韵
似比兴对仗
云外飞歌
遗落诗句
天街小巷
油纸竹伞
拨浪货郎

有时简短逼仄
有时纤细狭长
有时被人记起
有时被人遗忘

（九）

北街
我从心向往的流浪远方
脚步铿锵
歌声嘹亮
满满风景
空空行囊

流浪
远方
那年杜鹃红
今朝满天霜
远方
流浪

宕子爱雕青
归来唤乳名
时而慷慨长啸
时而沉默不语
时而浅吟低唱

31

我坐上驶向鸡公山秋天的火车

我坐上了秋天的火车
一趟驶向鸡公山秋的深处的火车
去找寻春天遗失的
田野的油彩
人的剪影
水的泼墨
山的拓片

老火车机车
东风内燃
与鸡公山秋的西风外燃
相互辉映
是我肆意激情燃烧的高配
我用目光点火

汽笛声声
二短一长

是秋在原野的呼唤
和着轮与轨的打击乐
是我弹的和弦

车头烟雾
与村庄炊烟互文
成为流动的
乡愁
火车渐渐远行
烟雾向身后飘渺
逐渐淹没于日落的群峦

钢轨两旁零散的叶
在我身后翩翩舞蹈
如桃花源缤纷的落英
亦如庄周梦里的蝴蝶

鸡公山的秋
是春的孪生姊妹
一样的神韵里
更加丰韵饱满
成熟和妩媚

左顾右盼
两边相互攀比的美丽
是一场视觉饕餮
而铁路努力而徒劳地
把两边的秋色分开

我怅然拿着单程车票
坐在车的后厢后排
要来一杯热水
用含苞的野菊花朵
点缀装饰
一个中年男子的仓皇

回首千山
月台后行
枕木琴键
若有所思

车前行
身未动
夕阳斜
心已远
后面远远尾随一辆老火车

/ 鸡公山上晨飞鸟 /

开得很慢
驮着满满的
金子般秋之暖阳
严重超载
是我私人订制的专列

我已回执
接受你的预约
参加鸡公山秋的盛宴

我已检验所有唯美的细节
包括最后一道
甜点
爬满火车博物馆后山坡的
托盘

我埋下坚果的种子

我埋下坚果的种子
放下快要完成的诗集
我早已远去了
失去四肢故乡的河流
种子如我的孩子
用孤独的泪水浇灌

开始热爱
这座山这块地这片森林
开始关心
风雨雷电　　日月星辰
开始关注
季风的走向
鸡头芳草的枯荣
开始倾听
云中花开的颜色
野径行人的步伐

我要赶在大地苏醒
万木吐绿
果实发芽前
完成最后几首诗歌

流浪者之歌

我紧赶慢赶登上鸡头石
送走了最后一抹夕阳
职责所在
因为我是黄昏的牧人

相拥的时光短
很多感情没法渲染与酝酿
包括爱与恨
因为时间是一剂中成药

在云中公园脚步慢
跟不上的旧时光
溅了一地
如消夏园樱花路径的碎石阶
因为时间是石阶的谐音梗

我们的心太软
双臂张开
无力帮揽云射月楼拉开震天长弓
射向苍穹
因为月亮是夜的伤口

从月湖到星湖的街道
容不下一个人
和他的影子
我丢了把钥匙
是谁守着窗里的灯光
因为雨夜的灯火孤独而苍茫

波尔登公园秋天的落羽杉

古老孑遗
鲜活化石
从侏罗纪
走过第四季冰川
依然焕发青春活力
三千万年
遗世而独立
婀娜而多姿
见证蓝色星球的变迁

经历一路风霜
一路孤独
来到鸡公山
又遭遇日寇的疯狂砍伐
都看见你美丽的光鲜
谁又知道你历经的劫难

秋的光影

秋的韶华

在茗湖水中的倒影

用天空之镜

梳你美丽的羽毛

连那傲娇的不停变换 pose 白白的云朵

为你让出 C 位

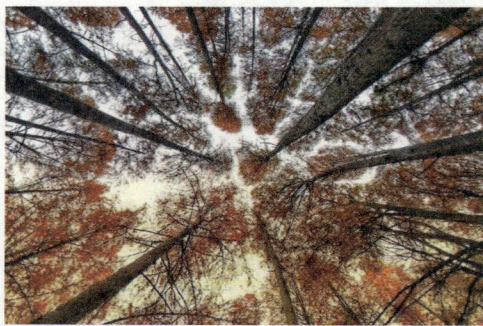

身边的怦然心跳

满眼热烈

映照着来自远方的悸动

和生命单纯的祈盼

波尔登公园

我在你宽宽的肩膀上

荡漾的酥胸里

醒醉

怀乡

老火车喘息着
慢慢启动
不舍地远去
留下一地叹息
当你华丽转身
眉目传情
秋波暗送
与茗湖涟漪神同步
形成频率共振
在我心海掀起波澜
受了内伤
造成单方责任
重大情感事件

俊秀挺拔
却是在水中长成的骨肉
多情顾盼
秋心善感
这般撩人
轻而易举捕获
游人多情的眼眸
还有离人心尖上的秋

水的沉浸式热情
乃至恣意泛滥
空气的凛冽冷漠
乃至尘埃污染
土壤的贫瘠浅薄
乃至旱涝盐碱

只要有阳光
便洋洋洒洒地把日子
变得温暖柔软
自得悠然

落羽杉
恼人的秋风吹来
叶儿飘落
风中轻舞
醉得着了魔
红得着了火

火凤凰落下羽毛
似彩蝶翩翩
仙女花散
惊飞林间栖息的鸟
二者在林间比翼

我在秋的身后拾起
两掌落叶
如鸟羽蝶翅展
落红有情物
秋思尽摇落
一叶见方寸
寒落万千秋

把她对称地夹在我诗集的扉页
为我的诗句装上有形翅膀
并且点缀韵色
涂上红妆

/ 鸡公山上晨飞鸟 /

千状膝根
破土而生
实现呼吸自由
植根土地和水
血脉相连
气息相通
把生命的意义
演得淋漓尽致

葛藤攀爬
藤密叶疏
万般情丝
与树亲密无间
如与母体相连的脐带
*丝丝*下垂
随风摆动
又如及腰长发
婀娜柳枝

落地而成泥
褪皮而新生
永不腐朽之木
根臀肥大
好生好养
倾国倾城
实力圈粉

你秋的成熟
风韵
丰腴
饱满

夸张

热情

收获

……

呈现最美的光泽

用大胆泼辣且酣畅淋漓的浓墨重彩

把山谷尽染红透

我在碑前沉默

触景生情

睹物思人

现实情感纠结着历史脉络

想起那个来自英吉利叫波尔登的英俊男子

还有学富五车为鸡公山林业奠基的中国青年

和有家国情怀身经百战的布衣将军

看着留下从北美洲带来上帝的礼物

如他们的孩子

穿越时空

设想与你们哪种形式相见

你好

威廉

/ 波尔登公园秋天的落羽杉 /

幸会
韩先生
久仰
冯将军
应是这里的开场寒暄

雄伟秀丽
落落大方的总基因
是落羽杉的形神附体
空灵而神秘的总基调
是落羽杉的语言
除去冗繁
昂扬向上
是落羽杉的风骨

落羽杉
你把我从欲望之海中打捞
你设身处地安慰一颗
沉默夜空划过的暗星
并馈赠他以横溢才华
定向委培
让他写下心灵的史诗
和关于你的
草木的本心
秋天的交响
森林的新娘
再会　落羽杉
再会　波尔登森林公园

让我告诉你鸡公山的颜色

告诉你这座山
夜的颜色
作为交换
你告诉我
你的心情
是星空灿烂的深夜黑
还是月冷染白的鱼肚明
其实我最钟情南北天街的灯火
如采茶姑娘美丽的
明亮眼睛

告诉你山中风的颜色
作为交换
你告诉我
你的心情
是大东沟峡谷的薄雾渺渺
还是松林湾的涛声轻轻
其实我最钟情名为云中八仙的花朵在风中摆动
像你胸前飘逸的

红纱巾

告诉你山中石的颜色
作为交换
你告诉我
你的心情
是二道门石阶的落英
还是北街石板的铁青
其实我最钟情 Long Live China 血红石刻
是我辈传承的
精神血脉红色基因

告诉你山中云的颜色
作为交换
你告诉我
你的心情
是西山傍晚的火烧
还是东岗清晨的鱼鳞
其实我最钟情的白云苍狗
在瓦蓝瓦蓝的月湖
映出倒影

告诉你山上房子的颜色
作为交换
你告诉我
你的心情
是红色的尖顶
还是蓝色的窗棂
我最钟情民国风的紫色旗袍
穿越上世纪的高台廊
与你共情

鸡公山导游词

我是一名持证上岗导游员
我只会一种语言
抒情的语言

请看我的证件
我是鸡公山第一个持证男导游
我的普通话很普通

我在登山顶的路上
举着小旗娃
我守时
但耐心差
你要再不来
我就老了

我陪着你
我把一座山的故事讲给你听
陪你看风景
我还是个歌者
把山歌唱与你听

你和爱人得牵着手走
这是我的明文规定
天上一日
人间一年
贵重物品
妥善保管

先生
我还带兼职售书
是关于鸡公山的诗集
精装四十
简装三十
最后一本
诗人签名
另送清风一缕
泉水一瓢

落叶书签一枚
还有一个蝉的外壳

美女
我们在树下躲一下雨吧
等雨停
雨怎么这么快停了
还没来得及送你彩虹
云雾便笼罩了整个山林
不过雨停后
神秘
属于这座山

先讲个故事
从前
山里有一座济癫庙
庙里有两个和尚
老和尚
法号道济
小和尚
法号千山石
老和尚给小和尚讲故事
从前……

要不
我再讲一个金鸡下凡的故事
和红花女比武招亲的故事
故事很多
一千零一夜

太阳回家了
太阳今晚住哪儿
鸟儿归巢了
今天行程结束
你们今晚住哪儿
云中宾馆

/ 鸡公山上晨飞鸟 /

窗外起雾了

星湖之畔
离星湖很近

建业星舍
抬头可看见星星

志气楼
可观山全景

建行别墅
建得还行

云上居
把星湖月湖搬到了屋顶

逍遥山庄
阳台都放把逍遥椅

山湾大酒店
在山的转弯处

丹麦楼
森林夜里有童话

云梦度假村
床上有梦
窗外有云

在大自然里睡觉醒来
才叫自然醒
晨曦惊醒了鸟
鸟儿叫醒了你

只有云里住的
才算神仙
再长的胡子不算

我在云中漫步
山花缭乱了我的眼
微风轻吻了我的脸
青春撞了一下我的腰
负氧离子顶了我的肺

南北街
天上的街市
点着了人间的烟火
人间的烟火
照亮天上的繁星

我们在山顶散步
在云中散步
从河南到湖北
从湖北到河南
从淮水到汉水
从汉水到淮水
豫风带着楚韵
楚韵沐着豫风

我在东岗观日出
大别东南彩云飞
我在望凤台看日落
桐柏西北望长安
这块土地
神鸡的化身
桐柏的承启　　大别的余脉

汉淮源头的分岭

日出不是日落的重放
日落不是日出的倒播
一个鎏金灿烂
热烈激情
一个残阳如血
眷恋不舍

亲爱的人儿
请你什么也别带走
除了我给你的诗行

你下次来
我在百鸡门等你

寨上桃花

桃花烂漫
寨上春天最可人的表情
没有叶的绿为衬托
用残雪
瘦水
马尾松
打底

兰草是春天的睫毛
桃花是春天的腮红

素颜便是盛妆出镜
山谷的风
也形成满满气场

每年春天的桃花寨
我总是拿最后一场雪的白卷
一路高走
直到一地缤纷落红
然后 把对美丽的希冀
一直留存胶片
下个春季
用一场春雨
冲洗

西王母误入凡尘的秘境
有桃花瑶池为凭
巨大有型的仙桃石为证
三千六百棵桃树和蟠桃园的一样
不多不少
露珠在连翘的枝上奔跑
阳光在潭中造虹
粉红花瓣风中化蝶

你在树下生

花之形
花之色
花之香……
一朵花
一枝花
一树花
一坡花
一山花
风中微漾起
世间灼灼的芳华

在怀抱春天的时刻
桃花夫人
也心跳加速
绯红
面颊滚烫
使料峭的春风
慢慢改变温度
并且变得柔软

山寨桃花
我沉默的
冰霜美人啊
给春一个多么奢侈的比喻
并为桃花夫人的美丽故事
埋下伏笔

七星湖畔的碎步
步幅频率
拿捏得恰到好处
踩踏着一地春光
让人心醉
以至于无心细数

/ 鸡公山上晨飞鸟 /

息楚两国的恩恩怨怨

桃花夫人
飘逸的裙裾
美丽的面容写满哀愁和悲愤
怎么也挽救不了一个家国残喘
和上一个春天

一树一树的桃花
盛大开放
重复着过往
不话离殇

一路缤纷零落
找寻遗失的
初恋般喜悦
经历了从繁华之极
到淡定之极的蜕变
是怎样的心路历程

寨上桃花

浪漫爱情的俘虏

活力青春的代言

真实开启的美颜

脑海萦绕的虚拟

为了把你称赞

把自己感动得无能为力

搜肠刮肚地罗列辞藻

竟然用了我

整整一个漫长冬天

荒天坪

豫楚边界的草原
一片天界的魔毯
一块山顶草的飞地
落在兴旺寨
与武胜雄关为伴
南望望父老
北顾浉河源
守着地老天荒的誓言

倾覆的景色
如反转的剧情
更引人入胜
适合愉悦的遐想
和回忆的张望
微风
吹走云朵在田野里的影子
刷着旷野幻灯的片子

我的今生
交织着许多变幻无常
不可征服的灵魂
臃肿的身体
我在枯干的河床
把光阴虚度
在荆棘的山径
背叛自己

牛儿咀嚼着
春天的味道
并用尾巴给春天比个样
临时放弃耕耘
就像我临时放弃写诗
践行与春天的约定

可怜无家的游子
风停不下来了
开始编织春天
荒天坪无边的温柔
只有心知道

兴旺寨沉默的长条石
心领神会
准备谈一场
轰轰烈烈的恋爱

遍野的爱笑花朵
还有鸣唱的虫儿
会跳舞的彩蝶
我想同他们交朋友
我叫不出他们的名字
我得到善待
没被当成陌生的入侵者

我为有摘下花朵的想法
倍感羞愧
被心中柔软的大男孩阻止
又甚为庆幸

只有在草地
最繁荣处躺下
满怀春天丰富的祝贺
一个晴朗的上午
或洒满余晖的黄昏
我只关心起伏着的山脉
与连绵的激情
只关心荒天坪所有的
风吹草动
花开花谢
云聚云开

窗外

牵牛花
爬到我窗台
清晨开满美丽的花朵
红色 紫色的喇叭
像一台台小小的
留声机
里面传来鸟鸣和
溪水的声音

几只蜜蜂
停留在喇叭花口
像是把留声机弄坏了
发出嗡嗡嗡的声音
肯定怕担责任
一会儿又都飞走了

/ 窗外 /

太阳升高了
喇叭不响了
低下了头

壁炉

飞机房
石柱上混凝土横梁的棚架
架空了冬天

外面的雨冻
烟囱的飘渺
内堂的燃烧
一世界
两重天

石头
木窗
铁皮屋顶

／壁炉／

壁炉旁
我写下
绝望的诗

没有腹稿
只有
烟熏
火燎
和
炉火中
正在燃木材的
一惊
一乍

75

小火车

我买了张春天的车票
坐上了秋天的火车
我拿着软座的特快
坐上了慢的硬座

我一无长物
车票过期
请别催我下车
长长的站台
没看到熟悉的影子
我只是动机不纯
贪恋
鸡公山沿途的美色

消夏园的晚上

夏季短促而清凉
爱情已结束
有些草木已死亡
绣球花秀着自己的色彩
难以安静
消夏园的晚上

鸡公山的天气预报
晴天不准
局部很灵
行路的人无依无靠
难以预料
消夏园的晚上

雄浑的夜雨
闪电撕开伤口
民国风情街已打烊

显得单薄
难以入睡
消夏园的晚上

诗句都已淋湿
思想正在抛锚
灯火在等待
摇曳新一轮悲伤
难以收藏
消夏园的晚上

夜晚的星空
思绪在零乱
璀璨的流星
画着孤单的弧线
难以捉摸
消夏园的晚上

夜也有躯体

那年
那天
那夜
与你对酌的酒樽
已成为博物馆陈列的文物
但未标明年代和人物

夜太深
人孤独
有时酒
越喝越渴
无论清醒与否
都在指引着欲望走向

我浓稠的血液和其他不明液体混合

变成沼泽躺在草地
在雨雪过后的
明媚春天
开满鲜花

英文石刻

Long Live China
中华万岁

鲜红的字
是你热血的颜色

我深深知道你不惧生死爬到峰顶的时刻
泪水已干
心在滴血
家国何在
家园何方
大别雾茫茫
字体不遒劲有力
亦非错彩镂金
1935 年至 2020 年

然石刻依然清晰
因为他
连同那不屈的灵魂
刻进了我们心里

中国万岁
Long LiveChina

红色保温杯

当心中
怀中
早已虚空
我看上去好似如释重负
遗忘
让我内心变得寂静
冷漠

让沸水煮我的五脏六腑吧
这样才能在你身边
在你需要时
捧在手心
放在身边

或敞开我心扉
放在你暧昧的唇边

/ 鸡公山上晨飞鸟 /

当你以逆时针方向
开启我的内心
我一直保持着
你开始赐我的温度
沸腾的温度

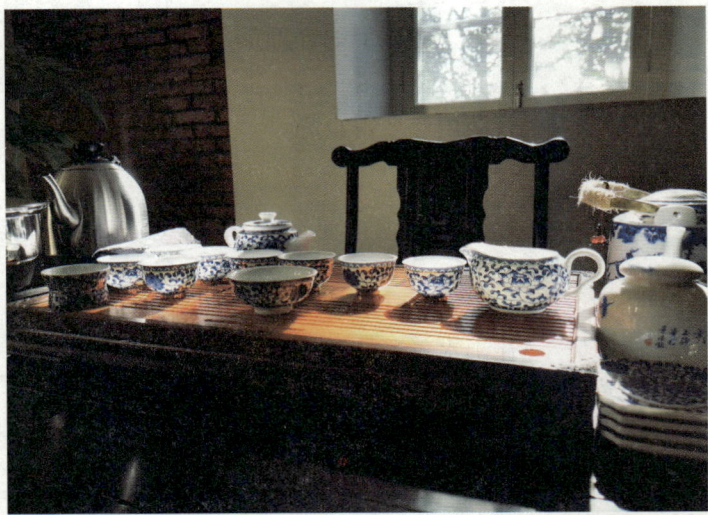

我在布满尘土的角落
或显眼却被忽视的角落守候
绝望地希望被你想起
想起再次盛装渴望和热情

84

或者冰凉
虽然在外界和你的给予之间
我保留相对的真空
来缓解你热情的释放
我也将完成我的使命

因牢牢打上你的专属标签
放空你的给予
独守空杯

如果有必要
请忘记　我
一个杯具的姓名
和颜色

秋天最后一个节气

秋天最后一个节气的下午
我在龙袍山庄喝茶
回忆起一个秋天的黄昏

你说秋天还会来
叫我不要忧伤
其实我的忧伤
与秋天无关
只是太依赖于怀念
还有爱情

龙袍山坡
满山的树叶
被过于缠绵的雨水宠坏了
成为最美丽的红颜
风捎来林间菊花的清香
和茅草摇晃着白花花的身姿
我知道从今夜起
就没有露水了

白露成霜
容易发现哭泣的踪迹

心事如松针
厚厚地　慢慢地
枯萎埋葬
我在路径拐弯处的山楂树边
徘徊
行迹可疑
草坪里的车前草
觊觎和算计着我的身体

难得啊
这满满阳光和矫情的下午
我喝着茶
却满脑子是你喝咖啡的样子

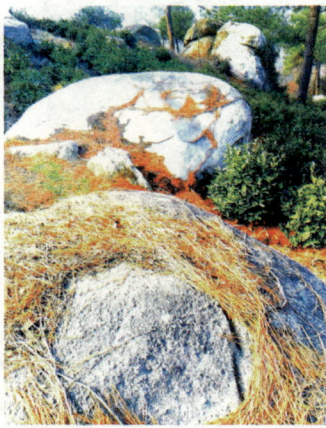

冬天将要远去

冬天将要远去
春天就要来临
阳光撕开夜的伤口
溪流升腾着气息
如凄美的祭祀

在晴朗的日子里
我戴着太阳镜
看到了
一只鸟在向着太阳飞翔
不经意的转身
就是一个冬季乃至一辈子

鸡公山
昨夜的风
预谋用一场雪来掩盖
春的信息

/ 鸡公山上晨飞鸟 /

没能得逞
用一场雾水来饰
妆容

这最后一波寒流
是从冬到春的加速度
本来说好了复制一个一模一样的
明媚春天
却被冷风裹挟

我守口如瓶
厚厚的落叶下
松松的土壤里
藏着我柔软的心

刻骨的痛
还有卑微的爱情

原谅我吧

原谅我吧
我的家园
我背离的古井和村头的石桥

原谅我吧
你这依附神灵的山岗
我走失的青春

原谅我吧
伤口的结痂
迟到的火车
太早的阳光

原谅我吧
浪荡的青春
放纵的情感
还有其他

武胜关顶口占

人言楚山多锦绣，
犹爱关顶雪未残。
雄关莫挡谢郎路，
借我春风换酒钱。

云中漫步

闲庭信步鸡公山，
蜂飞蝶舞为哪般？
莫道仲夏芳菲尽，
云中花开数八仙。

问风

吾本长风客，
奈何问归期。
借我青骢马，
一夜到辽西。

咏兰草

岩壑草茅中，
笑看绿与红。
清香幽谷来，
何须说虚空。

无题

石在千山，
芳草诗传。
长风入怀，
诗情霄汉。

江左风流，
磊落衣冠。
灯笼宝树，
阶庭芝兰。

池塘春草，
苍生东山。
鸡鸣中原，
凤舞九天。

恰逢盛世，
百年华诞。
金鸡复唱，
凤凰涅槃。

萤光烛火，
散落诗篇。
知音不赏，
归卧桃源。

诗以述怀，
歌以咏志。
与有荣焉，
幸甚至哉！

活佛寺钟声

金鸡啼唱三五遍，
晨钟响彻百八声。
一语迷惘来时路，
数声佛号唤痴人。

河边组朝天河岸慢步有感
（一）

溪清流水浅，
蝉鸣夏日高。
花径暗香满，
堤岸绿枝俏。

（二）

炊烟起乡愁，
柳笛惊鹭鸟。
借宿简家棚，
明朝楚关道。

（三）

谢郎着木屐，
金鸡报晨晓。
我本狂放客，
不起悲凉调。

（四）

南风入君怀，
新韵配美醪。
相约千山石，
可否河边老？

祷告词

鸡公山啊
你是山之源
水之源
你是风之源
光之源
你是茶之源
建筑之源
你是夜夜我梦境的来源
你是我灵魂的导师
我是你流浪的诗人
鸡公山啊
让我用嘶哑的喉咙为你
歌唱

鸡公山啊
你赐给我一切
高贵的躯体
有趣的灵魂
不老的情怀
怦然的心动
淡淡的忧伤
作为惩罚
或者宽恕
又把它们统统带走
你是我顶礼膜拜的原始图腾
我是你忠实的虔诚信众
鸡公山啊
让我的青春在你的丰饶泥土中
埋葬

鸡公山啊

我扬你沧海舟楫

守你长夜油灯

亿万风霜

千年遗存

百年峥嵘

十里风飘

一世繁华已阅尽

你是我人间的伊甸

我是你立门的长子

鸡公山啊

让我在夜深人静三更灯火时为你

起舞

鸡公山啊

你扼两淮而控江汉

一衣带水

连大别而锁桐柏

二龙戏珠

襟荆楚而屏中原

三关雄峙

南北分界

四面楚韵豫风

天赋异禀

自带光环

你是我唯一的神话

我是你千山的顽石
鸡公山啊
让我在你森林怀抱中
徜徉

鸡公山啊
你是盛世祥瑞的
六爻朱雀
是居住太阳里的
三足玄鸟
是睿智不屈的
九头神鸟
是浴火重生的
五彩凤凰
是凌云展翅的
万里大鹏
你是我一唱天下白的
独立金鸡
我是你晨飞报春的
长尾彩雉
鸡公山啊
让我在你的丰满羽翼下自由而高傲地
飞翔

后　记

不同年代的人表达感情的方式不一样，像我们 20 世纪六七十年代出生的人，往往感情相对内敛，不善表达，许多情感放在内心，甚至刻意隐藏。"爸爸，你辛苦了。""妈妈，我想你了。"夫妻在一起久了，那几个字也难说出口，虽然我们会用其他的这样或那样的方式来表达。

我和一位 80 年代出生的同事在一起闲谈的时候说，90 后、00 后表达感情的方式更为直接，更为浓烈。

"爱就大声说出来！"他笑着说。

我的心突然被什么触碰了一下。是啊，爱是高尚的，爱是发自内心的，爱是真挚的，为什么要让它隐藏得那么深呢？有时你不说别人又怎么知道呢？好像见不得人似的，唉，也许是代沟吧！

2022 年 6 月 19 日，女儿昨晚从学校回来，早上又得去学校。因为是周日，我已经醒了，但还没有起床，女儿敲了一下门，推门说了一句："父亲节快乐！"我漫不经心地回了一句："路上小心一点，让你妈妈送你。"我心里想，孩子大了、懂事了。我起了身，挥了一下再见的手势，这时女儿大声地说："爸爸，我爱你！"

我突然愣了一下，感觉自然而又意外。我突然觉得心中一暖，鼻子一酸，这一整天心情一直特别好！

是啊，爱要大声说出来，趁我们的父母还在，趁我们的爱人未老，祝福我们的亲人岁月静好。

第一本诗集《鸡公山，让我在你怀中流浪》在众多亲朋好友的关心下已出版，这也给我第二本诗集《鸡公山上晨飞鸟》的结集出版增添了勇气。让我年少时那个"文学梦"生了根、发了芽。

鸡公山，母亲的土地！

我用这本诗集向你诉说情话。

我也想大声地把感情表达出来，

鸡公山，我爱你！

我爱你这片丰饶深沉的土地！

2022 年 6 月 25 日于武胜关